U0020305

不正經世界名著

文學經典趣圖解，20 堂最好玩的微ㄎㄧㄤ故事課

Avez-vous lu les classiques de la littérature？

目錄
Contents

《克萊芙王妃》

La Princesse de Clèves

拉法耶特夫人

❦

　　這部作品問世於 1678 年，最初以作者匿名的形式出版。不過人們很快就懷疑這部作品應該是出自拉法耶特夫人之手，而她先是否認，直到幾年後才坦承自己是這本書的作者。《克萊芙王妃》一問世就相當成功，民眾還因為這本書分成了兩派陣營。原因是故事中的一個場景特別讓大家爭執不休：王妃向丈夫承認，自己非常想讓他戴綠帽子……這樣的情節真的有可能發生嗎？當時的雜誌《風雅信使》（Mercure galant）甚至就這個問題，對自家讀者做了一份小民調。然而，這些疑慮並未對這本小說的斐然成就造成阻礙，《克萊芙王妃》一直以來都被視為經典鉅著。十幾年前，還曾出現過一次令人意外的事件：當時有一位政治人物表示「這本書他快讀不下去了」，而這席話招來了一連串的反彈行動，包括舉辦馬拉松讀書會、發放「我讀《克萊芙王妃》」的徽章等等，這本書的銷量也因此一飛沖天。

　拉法耶特夫人原名瑪麗-馬德萊娜‧皮奧什‧德‧拉韋爾涅（Marie-Madeleine Pioche de La Vergne），生於 1634 年。她在十六歲時入選為王后的伴娘。1655 年，她與大她十八歲的弗朗索瓦‧拉法耶特（François de La Fayette）伯爵結婚，並於 1658 年和 1659 年生下兩個兒子。1661 年，路易十四繼承了王位。這個時機點來得正好，因為拉法耶特夫人是法王弟媳——英格蘭亨利埃塔（Henriette d'Angleterre）公主的好朋友。她得以開始在自家接待外賓，並經常拜訪巴黎與凡爾賽的名流權貴。1662 年，拉法耶特夫人以不具名的方式撰寫了短篇小說《孟邦西埃公主》（La Princesse de Montpensier）。到了 1672 年，她開始與拉羅希福可（La Rochefoucauld）公爵合作（他曾在幾年前出版著名的《箴言集》〔Maximes〕）撰寫《克萊芙王妃》。拉法耶特夫人於 1693 年去世。

1　沙特爾夫人正為女兒尋找一位好對象。

今年十六歲

2　克萊芙王子在一間珠寶店裡邂逅了這位年輕女孩。

天啊！正妹！

雖然髮型很糟糕，但其實是一枚帥哥

3　克萊芙王子對她一見鍾情，而女兒也想讓母親開心。

就說我同意囉！

4　她嫁給了克萊芙王子。雖然她對王子沒什麼熱情，但還是會謹守妻子的本分。

我發誓會對他忠誠

5 在一場舞會上，克萊芙王妃遇見了內穆爾公爵。

6 公爵是個花花公子，征服了無數女性。

非常英俊瀟灑

7 但這一次可是真愛！

8 內穆爾公爵告別他所有的情婦。

我打從心底愛她！

好啦，好啦，我再寫信給你

Bye~

9 克萊芙王妃決定為了他遠走鄉間。

10 並向丈夫坦承自己想遠走高飛的原因。

他令我無法自拔

但我發誓，我沒有和他上床

11 克萊芙王子因為嫉妒而發瘋。

12 他甚至因此生了病，最後悲傷地死去。

嗚嗚嗚
我沒有和他上床

13 內穆爾公爵認為自己有機會了。

14 但是克萊芙王妃對丈夫的死感到自責。

15 而且她覺得如果答應公爵，公爵這種人之後也會把她甩了。

16 克萊芙王妃寧可進入修道院終老一生。

《美男子》
Bel-Ami

居伊‧德‧莫泊桑

所有女人都為他著迷：人妻、情婦、人妻的女性友人、女性友人的女兒……。他是喬治‧杜洛瓦（Georges Duroy），一位年輕愛慕者暱稱他為「漂亮朋友」（Bel-Ami）。不過喬治‧杜洛瓦並不以女人感到滿足，他更愛的是金錢。剛來到巴黎時，他口袋裡只有幾塊錢，而三年之後他已經擁有五十萬法郎。這位冒險者的崛起來勢洶洶，他唯一的野心就是快步飛黃騰達、攀上顛峰。居伊‧德‧莫泊桑描述了自己所身處的社會、巴黎的生活、媒體界以及政治階層的樣貌，而這些都襯托出故事主角的種種心機手段。正如當時一位評論家所言：「這部作品以最華美的方式，集結了我們所有能想到的卑鄙與無賴」。《美男子》（又譯《漂亮朋友》）於 1885 年問世，且廣受歡迎。有人批評主角喬治的成功似乎太不真實、過於快速，但即便如此，這部作品依舊在上市後立刻成為暢銷書，持續長賣不衰。

居伊·德·莫泊桑（Guy de Maupassant）出生於 1850 年 8 月 5 日。他的童年時光在法國的埃特雷塔度過。父母分居後，他由母親撫養長大，並對文學充滿熱情。畢業之後，他進入位於巴黎的海軍部工作。與此同時，他也在母親的童年好友福樓拜（Flaubert）身邊做事。福樓拜在文學創作上提供他建議、閱讀他的初稿，並將他引介給其他作家。年輕的莫泊桑開始和不同報社合作，接著投入短篇小說寫作。1880 年，由於《脂肪球》（*Boule de Suif*）的成功，他決定進一步投身文學創作。後來他成了一位知名、多產的作家，直到精神疾病一點一滴將其吞噬。他深受幻覺之苦，罹患躁鬱症。在一次自殺未遂後，他被關進了醫院，最終於 1893 年 7 月 6 日去世。

1 喬治・杜洛瓦的家境貧困。他離鄉背井，前往巴黎尋找機會。

我全身都充滿了野心

2 他孤獨又潦倒，居住在貧民區裡。

但是我有臉蛋

3 他在街上碰到了從前軍中的同袍。

我叫
查赫爾・弗雷斯蒂埃

4 這位同袍介紹他進入《法蘭西生活報》任職。

我負責寫人物專欄

5 由於喬治‧杜洛瓦迷人的風采和令人無法抗拒的小鬍子，所有人都暱稱他為「漂亮朋友」。

就說了吧，
我是靠臉吃飯的

6 他錢賺得不多，但結識了一位情婦。

我先生時常
不在家……

克洛蒂爾特‧
德‧馬萊勒

7 他還和朋友弗雷斯蒂埃的妻子瑪德蓮有了私情，瑪德蓮甚至會幫他寫文章。

我是個
很差勁的記者

8 弗雷斯蒂埃生病去世了，沒過多久美男子就娶了瑪德蓮。

我來幫你寫
明天的專欄吧

9　他們兩個人都野心旺盛，開始
　　流連政治圈。

我們改了姓，從杜洛瓦變成了
有貴族風的杜洛瓦‧德‧康泰勒

10　為了能更快飛黃騰達，美男子
　　開始利用女人。

我勾引老闆的妻子

11　但很快就把她給甩了。

嗚嗚嗚

真是個
黏人精！

12　他和瑪德蓮離了婚，因為瑪德
　　蓮也背著他與一位部長偷情。

這個壞女人！

天啊，
是我丈夫

法警

13 而他現在覬覦的對象是老闆和情婦所生的女兒。

我為美男子
而瘋狂

蘇珊·沃爾特

14 蘇珊的母親不允許兩人見面，不過她為了去找美男子離家出走。

我絕不會
把她還給你

15 美男子和蘇珊結了婚。

16 舉辦結婚典禮時，他站在教堂的臺階上，卻又想著要與第一任情婦克洛蒂爾特重修舊好。

我的
小甜心

Fin

《魂斷日內瓦》
Belle du Seigneur

艾爾伯·科恩

　　他是一位永遠穿著睡袍、住在日內瓦的高級住宅區尚貝勒（Champel）的老先生，他寫出了二十世紀數一數二火熱的愛情小說，內容描述著新教徒亞莉安（Ariane）與猶太人索拉勒（Solal）之間純摯又有點怪誕的戀曲。這是一個篇幅超過一千頁的幻想世界，故事匯集了歡笑、憎恨與瘋狂的愛戀。這位作家是如何完成作品的呢？在年近四十之際，艾爾伯·科恩開始提筆撰寫這部小說。當他將手稿提供給出版人加斯東·伽利瑪（Gaston Gallimard）時，伽里瑪要求他刪減一半的篇幅。科恩後來花了三十年時間才達成任務，而且是由他的第三任妻子蓓拉·科恩（Bella Cohen）打字、聽著他的口述之下完成。1968 年 5 月，也就是科恩 72 歲時，他以本書獲得了法蘭西學術院的小說大獎。但是那年春天正值學運，法國人正煩惱著別的事情，沒有太多餘力關心亞莉安在浴室中的獨白。艾爾伯·科恩雖然擁有自己的死忠讀者，不過一直要等到 1977 年的聖誕節，當貝爾納·比沃（Bernard Pivot）在其知名讀書節目《猛浪譚》（Apostrophes）中專訪科恩之後，他才成為廣為人知的作家。

　　艾爾伯・科恩（Albert Cohen）出生於 1895 年 8 月 16 日
希臘的科孚島，他來自島上顯赫、具影響力的一個猶太家庭。
在他五歲那年，科恩一家人移居馬賽。科恩在馬賽就讀高中
時認識了馬瑟・巴紐（Marcel Pagnol），而巴紐也成了科恩
最親近的好友之一。1913 年，科恩前往日內瓦修讀法律，
並於 1919 年和伊麗莎白・布羅徹（Élisabeth Brocher）結
婚。伊麗莎白・布羅徹是一位牧師之女，也是令科恩迷戀的
幾位新教徒女子之一。科恩任職於國際勞工局，和太太育有
一女，後來和妻子分開之後，又與其他女子再婚、離婚又再
婚。故事的女主角亞莉安可以說是集結了科恩所有妻子、情
婦、女朋友的性格。1930 年，科恩出版了第一本小說《索拉
勒》（Solal），之後繼續以慢工出細活的方式發表其他作品。
1981 年過世之際，科恩已是一位知名作家。

1　索拉勒既熱情又英俊，令人難以抗拒。

我人見人愛

2　亞莉安高挑、美麗而出眾。

我是美麗佳人

3　阿德里昂是亞莉安的丈夫。他是一名公務員，也是索拉勒的下屬。

4　在一場雞尾酒會上，索拉勒認識了亞莉安。

你是無法抗拒我的

5 他喬裝成流浪漢，從窗戶進入
亞莉安家中。

即使我變這麼醜，
你還是會愛上我

6 亞莉安的丈夫白天工作都在削
鉛筆。

我真是相當優秀

7 還有和妻子講電話。

喂，我的
亞莉安寶貝

8 亞莉安總是在浴室待上很久的
時間，也時常拒絕丈夫的求
愛。

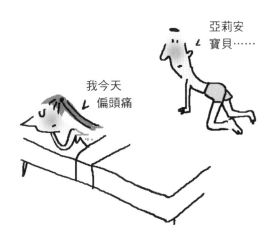

亞莉安
寶貝……

我今天
偏頭痛

9 索拉勒指派亞莉安的丈夫出差，時間長達十二週。

10 她丈夫對於此次出差感到無比興奮。

呼，解決他了！

拍
拍

我升遷啦！

11 索拉勒在心中訂下一個挑戰：他要讓亞莉安瘋狂愛上自己。

12 結果天雷勾動地火……丈夫剛離開的那天晚上，亞莉安就成了索拉勒的美麗佳人。

而且是在三小時以內！

13　丈夫出差完要回家了，而這對
　　　戀人決定遠走高飛。

前往蔚藍海岸

14　他們訂了兩間旅館房間。

因為只想和對方共度
最美好的時光

15　最後他們開始對彼此感到厭
　　　倦，沒有辦法繼續同居。

但分手我們
又做不到

16　他們決定一起自我了斷。

拜

Fin

《婦女樂園》

Au Bonheur des Dames

埃米爾·左拉

　　小商店力抗大型百貨的生存之戰，工作艱辛的小員工，還有一場古代的 #metoo 運動——對象是老闆歐克塔夫·穆雷（Octave Mouret）先生，他總是在自家女銷售員裡物色上床的對象。《婦女樂園》於 1883 年出版，但故事情節幾乎也適用於當今時下。這本小說是《盧貢-馬卡爾家族》（Les Rougon-Macquart）系列的第十一部作品，靈感源自於當時的樂蓬馬歇百貨公司（Le Bon Marché）與羅浮宮百貨公司（Grands Magasins du Louvre）。當時埃米爾·左拉在《費加洛報》（Le Figaro）上讀到了一篇文章，內容描述著這些「充滿誘惑的商店」令他十分感興趣，於是他化身成一名記者，實地走訪、調查百貨公司裡的各個專櫃，並且與職員對話交談。幾個星期下來，這些購物殿堂的管理、運作對他而言已經不存在任何祕密。左拉自 1882 年 5 月 28 日開始撰寫這部作品，並在八個月之後完成，而這回罕見的是，故事難得有一個美好的結局。女主角丹妮絲·波杜（Denise Baudu）就像塞干（Seguin）先生的山羊，和野狼努力奮鬥了一整晚！

　　埃米爾‧左拉（Émile Zola）出生於 1840 年 4 月 2 日的巴黎。
他的父親在 1847 年過世，留下妻兒過著辛苦的生活。大學入
學考試失利之後，左拉放棄了學業，進入阿歇特（Hachette）
出版公司擔任廣告主管，後來決定以寫作維生。他成為了一名
記者，並與許多畫家、作家結識成為朋友。1869 年，左拉和
一位編輯簽下了一紙合約，合約提供他每個月的收入保證，
條件是他必須每年寫出一本書，而這正是《盧貢 - 馬卡爾家
族》系列的開始。這部關於「第二帝國時代一個家族的自然、
社會史」的作品在二十五年後才大功告成。1898 年，左拉透
過自己的名氣，為德雷福斯（Dreyfus）軍官事件撰寫《我控
訴……！》（J'accuse…！）一文發聲。此舉為左拉招來了一
場審判和一年的流亡生活，也使他流失了一部份的讀者。左拉
於 1902 年 9 月 29 日過世。

＊ #metoo 運動：2017 年從美國開始，於社交媒體上廣泛傳播的一個主題標籤，
　用於譴責性侵害與性騷擾行為。
＊ 塞干（Seguin）先生的山羊：法國童話故事。故事描述塞干先生的一頭溫和
　而漂亮的小山羊，熱愛自由，偷逃到附近小山上漫游，並勇敢和狼搏斗。

Au Bonheur des Dames

1   丹妮絲‧波杜帶著兩個弟弟
    來到巴黎，他們非常窮困潦
    倒。

2   她成為了一間百貨公司的銷售
    員。

3   百貨公司販售蕾絲、絲綢、日
    本飾物……等等。

4   這是個充滿男女銷售員的世
    界，有些銷售員甚至必須寄住
    在百貨公司的小房間裡。

5 　其他女銷售員都叫丹妮絲「醜髮女」。

6 　歐克塔夫‧穆雷是百貨公司的老闆，他迷上了丹妮絲。

7 　但受到討厭丹妮絲的女銷售員們施壓，他只好將丹妮絲解僱。

8 　丹妮絲過得相當悽慘。

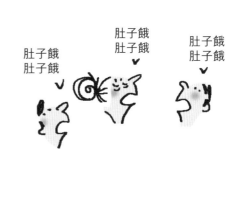

9 所幸她被一間賣傘的商店錄用。

10 有一天，她在杜樂麗花園碰到前老闆。

11 從那時起，她開始一步一步往上爬。

12 丹妮絲成為了兒童部門主管。

13 同時，她仍拒絕老闆進一步求歡。

14 百貨公司的客人絡繹不絕。

15 但由於老闆不停騷擾她，於是她遞出辭呈。

16 歐克塔夫先生終於察覺自己的真心，決定向她求婚。

《我答應》
La Promesse de l'aube

羅曼·加里

「在母親的疼愛之下，黎明之際許下的生命承諾永遠難以實現。」
妮娜（Nina）在這世上只相信一個人，那就是她的兒子。這份期待為
兒子提供了一雙翅膀，然而要起飛翱翔的挑戰卻無比艱鉅，羅曼·加
里的人生就展現了這一點。這是一篇自傳性質的故事，他開始提筆創
作時人在墨西哥，當時他捨棄了遊覽當地文化的機會，把自己關在房
裡全心投入寫作；最後作品完成於洛杉磯，當時加里正在那裡擔任法
國領事人員。他娶了萊斯莉·布蘭琪（Lesley Blanch）為妻，後來又
邂逅了珍·茜寶（Jean Seberg），也就是電影《斷了氣》（À bout
de souffle）中年輕且氣質中性的女主角。羅曼·加里的小說問世於
1960 年，並獲得了當之無愧的成功。文學世界不乏關於母親的各種
作品，但是羅曼·加里的小說大概是最為真實、公道的作品之一，因
為在他筆下，愛往往也伴隨著憎恨、玩笑、厭煩、景仰與羞愧。

　　羅曼・加里（Romain Gary）本名羅曼・卡謝夫（Roman Kacew），出生於 1914 年立陶宛的維爾紐斯（Vilnius）。1928 年，他和母親來到了尼斯定居，此後他的人生充滿各種不同際遇：他先是修讀法律，接著於 1940 年加入戴高樂將軍率領的法國軍隊。1944 年，他得知了母親過世的噩耗，而且母親早在三年前就已經離世。戰爭結束之後，他成為一位外交官兼作家，並且改名為羅曼・加里。他的第一部小說《歐洲教育》（*Éducation européenne*）於 1945 年問世。1956 年，他以《天根》（*Les Racines du ciel*）一書榮獲龔古爾文學獎。1975 年，他又再次獲得龔古爾文學獎的殊榮，而這回得獎的作品是《雨傘默默》（*La Vie devant soi*，原意：如此人生）。不過這本小說是以筆名埃米爾・阿雅爾（Émile Ajar）所撰寫，因此作者的真實身份是等到羅曼・加里 1980 年自殺以後才揭曉，他的前妻珍・茜寶也在 1979 年自殺身亡。

1　作者躺在加州的大蘇爾海灘上，回憶起母親在世的那些日子。

2　他的童年在維爾紐斯度過。

我可以什麼都不要，
只為了讓他什麼都不缺

耶

3　母親對他有很高的期待。

4　兩個人生活貧困，而他又體弱多病。

你將來會成為一位
將軍或外交官！

或者是
下一個
雨果？

過不下去了！
我們去華沙吧

5 母親在華沙開了一間裁縫店。

6 在他們前往尼斯之後，母親成了一間小旅舍的主管。

而他則打零工
分擔家計

7 他寫了很多作品，但是都不成功。

8 不過後來他成功發表了一篇文章。

還沒有
成為雨果

別擔心，
很快就會
是了

這是我兒子！
這是我兒子！
他的文章被登在報紙上啦！

9　1938 年，他被徵召入伍。

10　他在鬼門關前走過無數次。

11　他也去了非洲。

12　他甚至曾被施予臨終祝禱。

13 戰爭結束之際，他成功出版了
第一本小說。

14 他也獲得了法國榮譽軍團勳
章、法國解放勳章和英勇十字
勳章。

15 他興高采烈地回家找母親。

16 然而，母親其實早在三年前就
過世了。

《情人》
L'Amant

瑪格麗特‧莒哈絲

当一位作家年過七十才獲得肯定與榮耀，原本低調的她還搖身一變成了媒體巨星，這其中一定有什麼瘋狂之處。讓我們先忘了瑪格麗特‧莒哈絲某些自大狂妄的行徑，回到最基本的──她的著作，其中最知名的還是《情人》這一部小說。1984 年 9 月 28 日，伯爾納‧皮沃（Bernard Pivot）在他的節目上訪問了莒哈絲，而莒哈絲在訪談過程中，展現了她私密的一面，當時的觀眾可說是見證了一個難能可貴的片段。隔天，小說的銷量水漲船高，一個月之後，莒哈絲更獲得了龔古爾文學獎。之後《情人》還推出了由尚恩-賈克‧阿諾（Jean-Jacques Annaud）執導的電影版本。有別於原書中女主角必須挽救家庭免於破產而與中國富豪純摯但帶有算計的戀情，電影中加入了一抹浪漫和許多唯美主義元素。雖然莒哈絲感覺自己逐漸淡忘了這段往事，但是這本小說已經成了經典之作。

　　瑪格麗特‧莒哈絲（Marguerite Duras）的本名為瑪格麗特‧多納迪歐（Marguerite Donnadieu），於 1914 年 4 月 4 日出生在越南的西貢一帶。1930 年代初期，莒哈絲來到法國求學。她先與作家羅伯赫‧安特爾姆（Robert Antelme）結婚，後來又邂逅了迪歐尼斯‧馬斯柯羅（Dionys Mascolo），並和他育有一子尚恩（Jean）。1944 年，莒哈絲加入共產黨，1950 年遭開除黨籍。1943 年，莒哈絲出版了第一本小說《厚顏無恥之徒》（Les Impudents），並於 1950 年出版第一部自傳作品《抵擋太平洋的堤壩》（Barrage contre le Pacifique）。之後莒哈絲完成了其他小說、電影和戲劇作品，生活中也經歷了各段戀情與各種酒精。《情人》問世之際，和她在一起的是楊恩‧安德烈（Yann Andréa），年紀小她三十八歲，當時她也正結束一段戒毒治療。此後，莒哈絲享受了前所未有的名聲與財富。於 1996 年 3 月 3 日過世。

1　作者回憶起她在中南半島的年輕歲月。

2　當年她十五歲，乘著船跨越湄公河。

3　她注意到一位風度翩翩的中國男子。

4　男子遞給了她一支香菸。

5 男子深深愛上了她。一開始，
她只對男子的財富感興趣。

6 她的家庭非常拮据，其中一位
哥哥還瘋狂玩樂。

7 兩人展開了一段戀情，她在男
子的家中過夜。

8 她的母親知道，這段戀情會毀
了女兒的名譽。

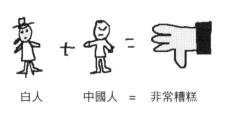

9 在家裡，男子為她沖澡、擦身體、著衣。

10 在一間大餐廳裡，她介紹男子給家人認識。

男子為她瘋狂

兩位哥哥
只顧著
大吃大喝

11 沒有人搭理男子，所有人都瞧不起他。

12 她的哥哥玩垮了整個家，全家人必須回到法國。

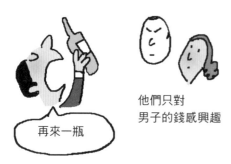

再來一瓶

他們只對
男子的錢感興趣

我變賣了
所有的
傢俱和珠寶

我們什麼
也不剩了

13 她回到了法國。

14 隔年，男子遵照父親的命令，娶了一位和他同樣有錢的中國女子。

15 多年後，她在巴黎成為了一名作家。

16 我這輩子都會一直愛著你

Fin

《咆哮山莊》
Wuthering Heights

艾蜜莉‧布朗特

艾蜜莉‧布朗特的一生幾乎深居簡出，也從來沒有談過戀愛；她唯一能接收到的外來消息就是小村莊裡的流言蜚語。那麼當她無所事事的時候會做些什麼呢？——閱讀，而且是大量的閱讀，以及寫作。不過在當時，十九世紀中葉的女性要功成名就可謂相當困難。《咆哮山莊》是艾蜜莉‧布朗特的第一部，也是唯一一部小說，當時她使用了男性筆名艾利斯‧貝爾（Ellis Bell）於 1847 年自費出版。和姐姐夏洛蒂（Charlotte）的《簡‧愛》（Jane Eyre）不同的是，《簡‧愛》甫出版立刻就受到讀者的喜愛，而《咆哮山莊》雖然是同年出版，但這部晦暗、強烈的故事卻令讀者感到不安。一位美國評論家還曾給予惡評：這是一則以陰鬱的手法述說的暗黑故事！這部作品的確花了一些時間才取得一席之地，不過在過去一百多年裡，它不斷為不同的電影、歌劇和歌曲提供靈感。時至今日，《咆哮山莊》已成為有史以來最多人閱讀、評論的文學作品之一。

　　艾蜜莉・布朗特（Emily Brontë）出生於 1818 年 7 月 30 日英格蘭約克郡的哈沃斯（Haworth）。他的父親是一位牧師，經歷喪偶之痛後，這位父親將女兒都送往寄宿學校就讀，然而學校衛生條件不佳，導致艾蜜莉的兩位姐姐瑪麗亞（Maria）和伊莉莎白（Elizabeth）雙雙罹患肺結核，於 1825 年身亡，父親於是將夏洛蒂和艾蜜莉接回家中。她們兩人與兄弟布倫威爾（Branwell）和妹妹安妮（Anne）相互陪伴，在家裡創造了一個屬於自己的奇想世界，裡頭充滿了各種故事和詩篇。三姐妹都嚮往獨立自主的生活，並決定開始提筆撰寫小說，希望藉此賺取一些收入。這段期間，布倫威爾染上了酒癮，最終死於肺結核。艾蜜莉後來也生了病，過了幾個月，於 1848 年 12月 19 日離開人世。

1 一個莊園主人剛結束一趟旅程返家，並帶回了一位孤兒。

2 希斯克里夫深受莊園主人和他女兒凱瑟琳的喜愛，但是兒子辛德利卻非常討厭他，對他充滿嫉妒之心。

3 父親過世了，嫉妒的哥哥開始報復，把希斯克里夫當作傭人對待。

4 希斯克里夫忍受一切，因為他愛慕著凱瑟琳，也喜歡兩人一起在荒原上的漫步時光。

5 有一天，凱瑟琳經過鄰家房舍時被狗咬傷了。

6 鄰居把凱瑟琳留下來照顧，但是趕走了希斯克里夫。

7 五個星期之後，凱瑟琳回到家中，而且完全變了一個人。希斯克里夫明白他已經失去她了。

8 之後凱瑟琳和鄰居埃德加·林頓結了婚。

9   希斯克里夫心碎離開。

10 而辛德利結婚、當了爸爸，經
歷喪偶之後開始酗酒。

死得好！   兒子
             哈里頓

11   三年之後希斯克里夫回來了。
他變得富有又英俊，並從辛德
利手中買下了山莊。

12   為了向凱瑟琳報復，希斯克里
夫娶了凱瑟琳丈夫埃德加的妹
妹伊莎貝拉。

你少再作怪！

13　但是希斯克里夫並不愛她。於是伊莎貝拉帶著兩人生的孩子遠走高飛，後來過世了。凱瑟琳也因為無法忘情希斯克里夫，太過傷心而死去。

希斯克里夫的兒子林頓

凱瑟琳的女兒

14　除了希斯克里夫之外，所有的大人都過世了。希斯克里夫和三個孩子住在一起，對他們十分殘暴。

不准讀書！
還有你，
把大便撿乾淨！

他的兒子

辛德利的兒子

凱瑟琳的女兒

15　希斯克里夫放任自己慢慢死去，這樣一來就能與凱瑟琳在荒野重逢。

HA HA HA HA

16　凱瑟琳的女兒被逼與希斯克里夫的兒子結婚，但是林頓後來過世了，於是她和辛德利的兒子在一起，也就是她的表哥哈里頓。

哈里頓

Fin

《高老頭》
Le Père Goriot

歐諾黑·德·巴爾札克

在撰寫《高老頭》之前，巴爾札克就已經想好了這本書的宣傳提案。寫這本書只花了巴爾札克幾個月的時間完成，而且還寫了好幾種版本，他這麼做的目的是為了賺錢償還一筆債務。這部小說一共在《巴黎文學評論》（*Revue de Paris*）連載了四回，時間是 1842 年底到 1843 年初，內容闡述了兩則故事。第一則故事是一位老先生對兩位女兒孤注一擲的愛，然而女兒卻毫不領情；這場悲劇的靈感源自於一位官員的相關新聞報導。第二則的主角是一位來自鄉下的年輕人尤金·德·拉斯蒂涅（Eugène de Rastignac），故事特別著重在他宏大的企圖心。作品甫問世就廣受歡迎，而且也讓巴爾札克發想出了一個點子：開創一部前所未見的系列作品，一部擁有若干反覆登場角色的人間喜劇。讀者將隨著每一季、每一本書的問世，持續見證這些角色的發展演變。這真是令人驚豔的想法，而最終效果也十分出色。

　　歐諾黑・德・巴爾札克（Honoré de Balzac）出生於 1799
年 5 月 20 日法國的都爾。他修讀的是法律，不過很快便明
白自己想從事寫作。1825 年，他發表了《舒昂黨人》（Les
Chouans）並受到矚目。1831 年，他以《驢皮記》（La Peau
de chagrin）獲得了評論家與以女性為主的讀者大眾的肯定。
他賺到了錢，也花錢如流水，而他對於偉大成就的執著促使
他開始埋頭寫作，尤其在深夜裡他更加專注。1833 年，他認
識了波蘭的女伯爵韓斯卡（Haska）夫人。即便發生過幾次
意外插曲，韓斯卡夫人依舊是巴爾札克往後生命中最重要的
女人。巴爾札克持續賣力寫作，希望在 1829 年至 1848 年的
二十年間，以九十五部小說打造出他的人間喜劇。五十一歲
之際，巴爾札克才剛與韓斯卡夫人新婚便過勞而死……他也
因此無法完成剩下的四十八篇故事，無緣寫下腦中那些稍縱
即逝的精彩情節。

1 高老頭的妻子過世了。

2 他寵壞了兩個女兒，她們在父親的嬌縱之下長大、結婚。

安娜斯塔西

戴勒芬

安娜斯塔西成了赫斯多伯爵夫人

戴勒芬成了紐辛根男爵夫人

3 高老頭為她們準備豐厚的嫁妝，但是他的兩位女婿都討厭他，兩個女兒也以他為恥。

4 即便丈夫都非常富有，兩個女兒還是會回來向父親要錢。

髒兮兮的

而且還有臭味

買禮服的錢

給愛人花的錢

5　高老頭一毛錢也不剩了，他住進一間破房子裡。

6　他成了女房東伏蓋太太的出氣筒。

糟老頭

醜八怪

討厭鬼

孤僻蟲

7　不過這裡有兩位親切的房客：拉斯蒂涅。

8　以及佛特漢：他曾經是一名逃犯。

家世顯赫的年輕人，但是家業已經衰敗

綽號是「鬼見愁」

後來他重新回到監獄

9 拉斯蒂涅認識了戴勒芬。

10 他非常喜歡高老頭。

11 父親臨死之前，安娜斯塔西和戴勒芬還跑去跳舞。

12 拉斯蒂涅通知她們高老頭就快離世。

13 女兒沒有出現，高老頭過世了。

14 兩個女兒只派了馬車跟在靈柩後面。

這到底是……

15 葬禮她們也什麼都沒提供。

這什麼世界呀

窮人般的葬禮

16 拉斯蒂涅對此感到厭惡，但仍保有自己遠大的企圖心。

現在就看我的了！

Fin

53

《謝利》

Chéri

柯蕾特

～◆～

　　有的時候，真實人生可能比小說來的更有創造力。《謝利》（Chéri，
法文表「親愛的」之意）是關於一位中年女性和一名年輕男子的故
事，柯蕾特先是發想、撰寫，後來更親身經歷了一回。1912 年，她
想像著一名男子愛上了母親的女性友人，於是她先寫了一則短篇，
接著完成了舞台劇本，而且由她本人詮釋蕾雅（Léa）的角色，最終
在 1919 年完成這部小說。小說問世之際，她的丈夫亨利・德・喬弗
內爾（Henry de Jouvenel）與前妻所生兒子貝特朗（Bertrand）正
值十六歲，而柯蕾特四十六歲，她在幾乎不認識貝特朗的情況下，送
了一本自己的小說給他，並在書裡寫著：「致我親愛的兒子（à mon
fils CHÉRI）」。1920 年的夏天，貝特朗前往布列塔尼與柯蕾特相聚，
柯蕾特教他游泳……也教了他很多別的東西。他們兩人的愛情冒險故
事持續到了 1925 年，那年貝特朗娶了一位別人幫他挑選的年輕女孩，
完全就和書中描述的一模一樣。至於柯蕾特，她則寫下了自傳色彩濃
厚的作品《青苗》（*Le Blé en herbe*）。

　　加布里埃爾．西多妮．柯蕾特（Gabrielle Sidonie Colette）
出生於 1873 年 1 月 28 日法國皮賽地區的聖索沃。1893 年，
她和筆名威利（Willy）的作家亨利．加爾 - 維拉爾（Henry
Gauthier-Villars）結婚。1895 年，在丈夫的鼓勵下，她寫下
自己兒時記憶的故事，以丈夫的名義發表，完成了《克蘿汀》
（Claudine）系列故事。接下來幾年發生了許多事情：她不但
以自己的名義出版了好幾本作品，還曾在音樂廳裸體演出、
開設了一間美容院，不過很快就收攤了。這段時間裡，不只
是男人，她也和女人發展戀情。1912 年，她與亨利．德．喬
弗內爾進入了另一段婚姻。1925 年，也就是柯蕾特和年輕愛
人貝特朗．德．喬弗內爾分手之際，她遇見了莫里斯．古德凱
（Maurice Goudeket），後來他成了柯蕾特的最後一任丈夫。
柯蕾特在 1954 年 8 月 3 日過世時已經成名且備受肯定，獲得
了國葬的殊榮。

Chéri

1 蕾雅曾經是個交際花，今年
五十歲。

2 她的朋友夏洛蒂·波路有個兒
子，名叫菲立克斯，他被母親
給寵壞了。

我叫蕾雅·德·盧瓦爾，
這可是貴族的姓呢！

她們全都叫我謝利（親親）！

3 蕾雅認識菲立克斯很久了，可
說是看著他長大。

4 不過現在謝利已經長大，而且
長得又高又帥。蕾雅和他開始
彼此接近。

真是
太寶貝了

我的
親親寶貝

5　終有一天，謝利會和某個年輕
　女孩子結婚。

不過在那之前，
我們可以好好享受！

6　他過著紈褲子弟的生活，整天
　無所事事，只知道玩樂。

7　謝利很快就要和別人結婚
　了，他帶蕾雅享受兩人最
　後一次的旅行。

8　謝利娶了艾德美，她是一位前
　交際花的女兒。

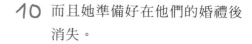

Chéri

9 蕾雅假裝不在乎。

對我來說
完全沒差

我早就知道結局會是這樣

我已經做好萬全的心理準備

10 而且她準備好在他們的婚禮後
消失。

所有人都在刺探
我的憂傷

11 謝利厭倦了婚姻生活。他的妻
子充滿嫉妒之心，這點令他相
當惱怒。

你讓我
感到厭煩，
我出去了

12 旅行數月之後，蕾雅回到了家
裡。

13 謝利意外出現在蕾雅家中，他很高興蕾雅還沒有結識新對象。

你還單身嗎？

對呀

14 蕾雅幻想著謝利會為她離開妻子。

15 但忽然之間，謝利發現蕾雅老了，他已經太習慣艾德美的年輕美貌。

16 謝利離開時，蕾雅知道他們之間的故事已經結束了。

Fin

《追憶似水年華》

À la recherche du temps perdu

馬塞爾‧普魯斯特

你正無助地為自己寫的小說尋找編輯幫你出版嗎？別放棄希望，因為普魯斯特的《追憶似水年華》第一卷也曾遭到安德烈‧紀德（André Gide）的退稿，他對這篇關於眾多伯爵夫人的故事並不感興趣。老實說，我們永遠無法知道，紀德是因為覺得這種「誰認識誰、誰又認識誰」的文風實在俗氣，還是他根本連手稿都未曾打開閱讀。普魯斯特後來找到了格拉塞（Grasset）出版社協助，不過他得自費出版。1913年，第一卷《在斯萬家那邊》（*Du côté de chez Swann*）便在無人關注下問世。然而，這本書在文學界開始悄然甦醒，而紀德也承認有眼不識泰山。1919年，當第二卷準備再次由格拉塞出版時，加斯東‧伽利瑪（Gaston Gallimard）成功說服了普魯斯特加入他的出版社。在接下來的許多年裡，《追憶似水年華》的文稿歷經反覆修訂，最佳證明就是這本書的各種版本以及諸多「小紙捲」——那些黏在稿子頁邊、上頭寫著修訂註記的紙條。普魯斯特去世時，最後兩卷尚未出版問世，因此他也無緣知曉自己後來被譽為二十世紀最偉大的作家之一。

馬塞爾‧普魯斯特（Marcel Proust）出生於 1871 年 7 月 10 日巴黎的奧特伊地區。他的父親是信奉天主教的醫師，母親則是猶太人。九歲那年，普魯斯特首次氣喘發作，此後，氣喘困擾了他一輩子。雖然時常缺課，他仍於 1889 年取得哲學學士文憑，並開始修讀自己不太感興趣的法律，其實他更想做的是為《費加洛報》（Le Figaro）撰寫文章。之後他寫了小說《尚‧桑德伊》（Jean Santeuil，未完成，出版於 1952 年），接著再開始投入心力撰寫《追憶似水年華》。《追憶似水年華》各篇相繼於 1912 年至 1927 年間出版問世，而 1919 年，普魯斯特以其中的一卷《在少女們身旁》（À l'ombre des jeunes filles en fleurs）榮獲龔古爾文學獎。普魯斯特於 1922 年 11 月 18 日過世。

1　敘事者馬塞爾吃著沾了茶的瑪德蓮蛋糕，腦中忽然湧現回憶。

2　他想起小時候在法國小鎮貢布雷的度假時光。

3　在貢布雷，他要不就是在斯萬家那邊散步，要不就是在蓋爾芒特家那邊散步。

4　晚上，他會等母親上樓親吻他、道晚安，而母親總是在樓下與訪客用餐而忘了時間。

5 母親的其中一位訪客是查赫
勒‧斯萬，他是一位有錢有勢
的男人。

我認識總統先生
和威爾斯親王

6 斯萬喜愛女人，也時常更換對
象。

7 他在劇院認識了一位交際花奧
黛特‧德‧克雷西。

愚笨又貪心，
喜歡在句尾
來句英文

8 她愛上了斯萬。

斯萬，好個有錢人，
money money

9 斯萬送她禮物、幫她還債。

拍手
拍手

新衣服！
斯萬，thank you

10 他們時常在維爾迪蘭夫人家見面，維爾迪蘭夫人愚笨又勢利眼，邀請的也都是些庸俗之輩。

毒舌女
（壞女人）

11 斯萬最終真心迷上了奧黛特。

我們來種花！

你這壞孩子

上床的意思
（暗語）

12 斯萬愈愛她，奧黛特就愈疏遠他。

這斯萬真是個黏人精，
so sticky……

13 斯萬認為奧黛特腳踏兩條船，因此跟蹤她。而事實和他想的一樣。

14 她去度假甚至沒找他。

15 斯萬對自己感到生氣。

16 浪費了這麼多時間愛上不對的人。

1 斯萬最後還是與奧黛特重修舊好，並且生下一個女兒。

2 馬塞爾曾在貢布雷見過吉莉貝特。當時他年紀還小，正在斯萬家那邊散步。

3 幾年之後，馬塞爾再次遇見吉莉貝特，地點是在巴黎的香榭麗舍大道。

4 吉莉貝特邀請他到家裡喝茶。馬塞爾樂壞了，他對吉莉貝特著迷不已。

5 他們每天都見面。

這些是送給你母親的花

6 後來吉莉貝特覺得馬塞爾太黏人了，於是開始疏遠他。

噢，煩死了！

碰

7 夏天的時候，馬塞爾和奶奶前往巴爾貝克大飯店。

8 他的奶奶在那裡碰到一位舊識：維爾巴里西斯侯爵夫人。

這是我侄子羅貝爾・德・聖盧

9 羅貝爾和馬塞爾成了非常要好的朋友。

10 不過馬塞爾真正感興趣的是一群年輕女孩子。

這本書棒呆了

實在太正了！

11 有一天，馬塞爾去找一名畫家，而其中一位年輕女孩正好穿著一身單車服來訪。

12 他們成了好朋友，而阿爾貝蒂娜也介紹其他女孩給馬塞爾認識。

埃斯提耶

衣服真好看

阿爾貝蒂娜‧西蒙納

太完美啦

如花般的少女們

13 馬塞爾和阿爾貝蒂娜形影不離。

14 馬塞爾以為他們之間是認真的，於是勇敢示愛。

15 但阿爾貝蒂娜拒絕了他。

16 後來他們見面次數愈來愈少，而夏天也即將結束……

1   馬塞爾和家人向蓋爾芒特家承租了宅邸的一部份。

2   馬塞爾密切關注著房東家歐莉安·蓋爾芒特夫人的行蹤，而她是一位有夫之婦。

3   馬塞爾每天都假裝「巧遇」她。

4   馬塞爾的母親聽說了兒子的小把戲，於是要他冷靜下來。

5　隔天，馬塞爾就不再跟蹤她了。

咦，他人呢？

6　然而他並沒有放棄，他去探望朋友羅貝爾・德・聖盧，當時羅貝爾正在當兵。

可以把我介紹給你的表姐歐莉安嗎？

哈哈哈！馬塞爾，好樣的！

7　在一次休假期間，羅貝爾向馬塞爾介紹了自己的情婦蕾切爾。

氣質非凡吧

8　蕾切爾從前是一名妓女，在一間妓院裡工作。

咦，我認識她……

而且還挺熟的……

9　不過羅貝爾只知道她是一名演員！所以整個巴黎都在嘲笑他。

我父母很生氣，我真不懂為什麼

10　最終，羅貝爾邀請馬塞爾前往歐莉安家裡參加聚會。

太棒啦！

11　有了羅貝爾的引介，馬塞爾不再是黏人的房客了。

您也是羅貝爾的朋友嗎？

12　和歐莉安交談一陣之後，馬塞爾便對她不再執著。

真令人大失所望

13　馬塞爾遇到了夏爾呂斯男爵。

我們在曾在
巴爾貝克見過面

14　夏爾呂斯男爵邀請他到家裡作
　　　客。

有人告訴我
你在背後說我閒話！

15　馬塞爾無法忍受遭人如此無禮
　　　對待，於是大發脾氣。

夏爾呂斯的
高頂禮帽

16　夏爾呂斯最終表示歉意。

我們都冷靜點吧，
我送你離開

Fin

1 馬塞爾在窗邊看見夏爾呂斯回到家裡的庭院。

2 為了確認自己看到的沒有錯，馬塞爾尾隨他們進入室內。

鄰居絮比安

夏爾呂斯

噢天啊，你電到我了

好舒服

喔

啊

3 在一場蓋爾芒特家的晚會上，馬塞爾再次見到夏爾呂斯，而夏爾呂斯也毫不隱藏自己的性向。

4 馬塞爾才發現，現場大多數的男性都是同性戀。

嗨，我的寶貝

哈囉，我親愛的夏爾呂斯

他彷彿獲得了新視野一般（長大了）

5 他原本以為奧黛特‧斯萬是個草包，沒想到聚會辦得有聲有色。

哈哈，你真是
so amazing

作家貝赫戈特

6 夏天又到了，馬塞爾再次回到巴爾貝克度假，不過這回沒有奶奶，因為奶奶過世了。

好孤單呀

7 他彷彿被施了魔法一般，感覺奶奶無所不在。

有我
陪伴你喔

8 直到阿爾貝蒂娜和她朋友們的到來，馬塞爾才走出憂鬱。

喔喔，
年輕女孩們！

9 但是到了晚上，在賭場的舞會裡，他看見阿爾貝蒂娜與另一位女孩安德蕾在跳舞。

10 這令他難以忍受，而且他內心充滿嫉妒，以至於開始對阿爾貝蒂娜感到厭惡。

什麼，她是同志嗎？！

我不敢相信，他竟然無視我！把我當作路人！

11 夏爾呂斯也來到了巴爾貝克，而且還帶著新歡，又是個小白臉。

12 他們全都搭乘火車前往隔壁村莊，參加維爾迪蘭家的派對。

我們是來狂歡的

背景音樂是奏鳴曲

燈光美

氣氛佳

13 夏天結束了，而馬塞爾也為自己對阿爾貝蒂娜的感覺心煩意亂。

14 他回想起夏天時阿爾貝蒂娜的行為舉止。

15 他們兩人聊了很多，阿爾貝蒂娜完全不承認自己有同性戀傾向。

16 沒想到馬塞爾跑去找他母親。

1　馬塞爾回到了巴黎，掛念著自己與阿爾貝蒂娜之間的關係。

2　但是他無法忘了她，這成了一種偏執。

她對我說謊、背叛了我，而且她還是女同志

我已經魂不守舍，我想要一個人佔有她！

3　馬塞爾的父母不在家，於是他向阿爾貝蒂娜提議到他家裡住。

4　如此一來，他就不孤單了。

誠摯邀請喔

而且更重要的是，我可以知道她在做什麼

5 而且他在想，如果自己娶了阿爾貝蒂娜，那就可以進一步監視她了。

6 為了確保自己不會漏掉任何事情，馬塞爾為她安排了貼身保鑣。

這是很正常的事情，因為她是我的妻子

我要知道全部的事情，包括她吃什麼、喝什麼、呼吸什麼空氣……全部！

7 他甚至還在阿爾貝蒂娜戲看到一半的時候派人去找她。

8 為了讓她能忍受自己病態的嫉妒，馬塞爾送了她一堆禮物。

不好意思　　不好意思　　不好意思

9   而且為了確認阿爾貝蒂娜喜歡
這些禮物，他還向歐莉安徵詢
意見。

10   阿爾貝蒂娜願意忍受這樣的束
縛，因為她喜歡被寵愛的感
覺。

她一定會很喜歡
福圖尼的衣服

反正我吃好、
住好又穿得好
（衣服超美）

11   然而即便做了所有這些監視，
馬塞爾的嫉妒仍然有增無減。

12   他決定禁止阿爾貝蒂娜出門。

我快瘋了

否則她會見到其他人、
和他們聊天……

13 馬塞爾自己反而會出門。

這樣才能轉換心情

14 在維爾迪蘭家中,馬塞爾發現夏爾呂斯愈來愈不受歡迎。

他愈來愈肥了

而且他的朋友都好沒水準……

15 馬塞爾夢想前往威尼斯,但卻為了監視阿爾貝蒂娜而無法成行。

好想做自己想做的事情啊

16 而阿爾貝蒂娜再也無法忍受被囚禁、被監視又過著沉悶的日子,她決定離開。

義大利,等著我吧

Fin

1　雖然馬塞爾受夠了與阿爾貝蒂娜的感情，但他還是很受傷。

我無法接受
她離開我

2　為了讓阿爾貝蒂娜回心轉意，他答應送給她豐厚的禮物。

3　馬塞爾派好友羅貝爾・德・聖盧前往阿爾貝蒂娜的姑姑家。

這個馬塞爾
真是貼心的
好孩子。

4　而他則寫信給阿爾貝蒂娜，並在信中表示自己永遠不想再見到她。

真是高明的策略呀

5　他收到一封來自阿爾貝蒂
　　娜姑姑的電報。

6　同時也收到來自阿爾貝蒂娜之
　　前寫的信。

7　馬塞爾為她哀悼，他悲傷而心
　　碎。

8　但他還是懷疑阿爾貝蒂娜的同
　　性戀傾向。

9　他決定展開調查。

10　他最後遺忘了阿爾貝蒂娜。在布洛涅森林裡，他遇見了另一位年輕女孩。

11　馬塞爾上前搭訕。

12　她改從繼父的姓：弗雪維爾，因為很多人歧視猶太姓氏。

13 馬塞爾人在威尼斯時，得知好友羅貝爾·德·聖盧結婚了。

和吉莉貝特·斯萬結婚？！

14 馬塞爾明白，窮困的羅貝爾·德·聖盧是奉財成婚。

我則成了侯爵夫人！

15 有一天，吉莉貝特收到了一封信，信件署名波蓓特。

我丈夫有情婦！

16 但馬塞爾知道波蓓特其實不是女的。

沒錯，我是個男子漢

Fin

1　丈夫出軌的吉莉貝特試圖挽回
　　丈夫的心。

2　而馬塞爾讀了龔古爾兄弟的日
　　記之後，覺得自己永遠無法成為
　　作家。

她做什麼都是沒有用的，
因為她先生是男同志

我不夠有才華

3　開戰了，不過在維爾迪蘭家裡
　　沒有戰爭這回事。

4　即便戰時有物資限制，維爾迪
　　蘭夫人還是有辦法派人送來牛
　　角麵包。

我們不打仗，
我們只聊天

這是醫生
幫我開的處方呀

5 羅貝爾・德・聖盧在戰事中身亡。

嗚，我親愛的摯友
羅貝爾

6 而馬塞爾的健康狀況變得非常糟。

我應該離開
城市到鄉間去

7 當他回到巴黎時，戰爭已經結束了。

8 他在蓋爾芒特家發現，所有人都變老了。

我也是，我也老了……

9　尤其是夏爾呂斯。但他雖然生了一場病，卻還是一樣好色。

10　馬塞爾在石子路上絆了一跤，忽然想起了童年時光的美好記憶。

回憶乍現

11　吃到沾了茶的瑪德蓮蛋糕也是如此。

回憶乍現

12　看見一座鐘塔時也一樣。

回憶乍現

13   聽見湯匙敲擊茶托發出的聲音時也會。

14   這些感官、經歷和體會是如此鮮明。

回憶乍現

我應該把這些都寫下來！

15   失落的時光，以及經由回憶重現的時光不斷湧現。

16   於是最後馬塞爾隱居鄉間專心寫作。

這正是我擅長的呀

謝謝你，弗朗索瓦絲

Fin

《遠離非洲》

Den afrikanske farm

凱倫‧白烈森

❧

　　電影《遠離非洲》（*Out of Africa*）是原著（原書名的意思是「非洲農場」）的好萊塢浪漫改編版本。如果你曾經看這部電影而落淚，那麼你可能會對小說懷抱著錯誤的期待：在讀到丹尼斯‧芬奇‧哈頓（Denys Finch Hatton）為凱倫‧白烈森洗頭髮的場景時，腦中的畫面是蹬羚隨著莫札特小號樂曲的節奏奔馳。先忘了勞勃‧瑞福和梅莉‧史翠普吧！因為在凱倫的筆下，描述她對非洲的熱愛遠遠多於自己男女情事的篇幅。在書中，丹尼斯‧芬奇‧哈頓不過就是個次要角色（但這仍然優於她丈夫的命運，因為她的丈夫根本形同不存在！）。1931 年，凱倫‧白烈森從非洲回到了丹麥的容斯泰德倫莊園（Rungstedlund，這是她在丹麥的農場，距離哥本哈根大約二十公里，如果有機會經過附近一定要去參觀走訪一趟），她開始回想、書寫自己十五年的非洲時光，彷彿她的心還留在那裡一樣。這部作品很快就獲得了成功，也讓凱倫‧白烈森成為丹麥文學在全球廣受敬重、肯定的原因之一。

　　凱倫・白烈森（Karen Blixen），伊薩克・迪尼森（Isak Dinesen）是她的英文筆名。出生於 1885 年 4 月 17 日，成長在一個富裕的丹麥家庭。1909 年，她瘋狂愛上了自己的表兄漢斯・白烈森・菲尼克（Hans Blixen-Finecke），但是表兄並不愛她。四年之後，她和這位表兄的攣生兄弟布羅爾（Bror）結婚，兩人並一同前往非洲。這段婚姻一開始就存在不祥的徵兆，彼此沒有愛，還因結婚感染了梅毒，最後也毫無意外，於 1925 年以離婚收場。1931 年是凱倫・白烈森不幸的一年，她的愛人丹尼斯・芬奇・哈頓因飛機失事身亡，而農場也破產倒閉。後來她回到丹麥，並成為了一名作家。凱倫・白烈森於 1962 年過世。

1　凱倫‧馮‧白列森－菲尼克男爵夫人回憶起她在肯亞度過的多年時光。

2　她和丈夫在肯亞買了一座農場。

我們可以種咖啡

3　她時常拜訪奈洛比的外籍人士。

4　由於僕人法拉‧亞丁的緣故，她也時常拜訪索馬利亞人。

祝你農場經營成功呀

乾杯

5 　凱倫為原住民提供醫療照護。

6 　她因此認識了卡蒙特。

我是一名廚師

你康復之後
來找我吧

7 　卡蒙特是一位優秀的廚師，使得白列森家的宴席變得遠近馳名。

太美味啦

英國
威爾斯親王

8 　凱倫接待了許多訪客，其中有一位是丹尼斯・芬奇・哈頓。

我的工作是載觀光客
搭乘飛機遊覽

9 丹尼斯帶凱倫去自己喜愛的地方。

10 也和她分享了自己對自由、獨立的嚮往。

11 凱倫的丈夫總是不在,他永遠都在派對裡狂歡。

12 而農場所在的海拔高度什麼都長不出來。

13 凱倫即將返回丹麥。

14 丹尼斯準備出門工作。

15 很不幸地，丹尼斯墜機身亡了。

16 凱倫非常難過，最後帶著忠心的僕人法拉離去。

《大亨小傳》
The Great Gatsby

法蘭西斯·史考特·費茲傑羅

費茲傑羅的名字會讓人聯想到那個瘋狂年代，以及當時那群優雅、高尚的人們，這些人既有名又富裕。然而，如今這位作家的名聲往往使我們忘了當年他的名氣曾快速下滑。在費茲傑羅開始撰寫第三本長篇小說《大亨小傳》前，他的前兩部作品反應相當熱烈，已經是一名成功、受歡迎的作家，許多人都爭相邀請他與妻子賽爾妲（Zelda）出席宴會。為了建構出新作品的場景，費茲傑羅從自身所處的世代，也就是人們夢想過著紙醉金迷的生活的世代中獲取靈感。與賽爾妲一樣，故事中蓋茨比（Gatsby）的心儀對象黛西（Daisy）也讓讀者窺見了相同的脆弱。撰寫這本小說之際，費茲傑羅人在法國位於瓦勒斯屈爾的瑪麗（Marie）別墅，並期待這部作品能為他賺進財富。不過事與願違，小說的銷售失利，很快就無聲無息地躺在書店裡。直到1950年代，也就是費茲傑羅過世許久以後，人們才重新發現這本書，並且喜愛它、景仰它，甚至開始在學校裡閱讀研究這部作品。

　　法蘭西斯・史考特・費茲傑羅（F. Scott Fitzgerald）出生於
1896 年 9 月 24 日。從普林斯頓（Princeton）大學畢業之後，
他於 1916 年決定投入寫作。一開始的日子相當艱難，費茲傑
羅也對此自我解嘲，用了來自編輯的一百二十二封退稿信來裝
飾自己的房間。這些編輯後來想必十分扼腕──四年後，費茲
傑羅的第一部小說《塵世樂園》（*This Side of Paradise*）出
版問世且相當成功。同年他和賽爾妲結婚，兩人育有一女。在
費茲傑羅短暫的人生歲月裡，他寫了超過一百五十則短篇小說
和五部長篇小說，其中有一篇未完成：《最後的大亨》（*The
Love of the Last Tycoon*）。當時他需要錢支付賽爾妲的醫藥
費，因為賽爾妲罹患了憂鬱症。然而，費茲傑羅的星光逐漸黯
淡，還染上酒癮，最後連好萊塢都不願再邀請他擔任編劇。費
茲傑羅於 1940 年 12 月 21 日過世。

1　故事的敘述者是尼克・卡拉威。

2　他是蓋茨比的鄰居。

年輕百萬富翁

3　蓋茨比三十歲，常在家中舉辦豪華派對。

4　另一方面，尼克也受邀前往黛西家拜訪。

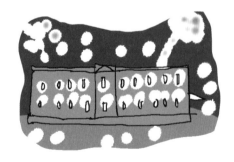

我親愛的堂妹！

5 黛西的老公是湯姆，湯姆在外頭
有一位情婦茉特爾。

湯姆，
這是我的堂哥
尼克

晚點
再去找你喔，
茉寶貝

6 蓋茨比邀請尼克出席自家的一
場派對。

幫我安排一下吧，
和你堂妹黛西的
午茶之約

7 他告訴尼克，「我曾與黛西相
愛，但當時我很窮。後來我離
開了……。」

等我回來呀，
我會成為
有錢人的！

8 黛西不想再等待，於是先結婚
了。

我願意　　我願意

湯姆的條件
優秀

9　尼克安排了一場午茶之約，黛西與蓋茨比再次相戀。

10　所有人都去了紐約，而湯姆和蓋茨比引發劇烈爭吵。

11　蓋茨比與黛西決定一同返回長島。

12　途中黛西撞上一名女子，女子慘死在輪胎下。

13　這名女子正是湯姆的情婦
茉特爾。

14　湯姆向茉特爾的丈夫謊稱,當
時是蓋茨比開的車。

而且他連車
都沒停下

15　於是茉特爾的丈夫殺了蓋茨比。

16　只有蓋茨比的父親和鄰居尼克
出席葬禮。

碰!

蓋茨比

Fin

《包法利夫人》
Madame Bovary

古斯塔夫 ‧ 福樓拜

　　這部小說起源於福樓拜和兩位友人路易‧布依雷（Louis Bouilhet）與馬爾西姆‧杜‧坎普（Maxime Du Camp）的一段對話：「選一個日常、更接近現實人生的主題吧，規定自己以自然、幾近口語的基調處理這個主題，避免陷入語焉不詳之中……」這是兩人對福樓拜的建議。福樓拜的靈感源自一則真實新聞，也就是德拉瑪（Delamare）事件，同時也加入了個人情感，以及與情婦路易絲‧柯蕾（Louise Colet）之間的爭吵片段（包法利夫人就是福樓拜自己）。福樓拜花了五年時間創作《包法利夫人》，一共寫了一千七百八十八頁手稿，並經過他獨特的「朗讀校訂法」（他認為寫不好的句子禁不起大聲朗誦的考驗），最後終於在 1856 年完成了他的第一本小說。這部作品的問世引發了諸多爭議，人們控訴他違背倫理道德，不過後來審判宣告福樓拜無罪，而且還獲得了額外的宣傳效果。當時福樓拜還不曉得，可憐的愛瑪‧包法利以及他更可憐的丈夫夏爾竟成了文學史中的「傳奇眷侶」，而且是沒有人想效法的一對！

　　古斯塔夫‧福樓拜（Gustave Flaubert）出生於 1821 年 12
月 12 日法國盧昂。他成長在一個關係緊密的家庭，父親是一
名醫生。他十歲時開始寫作，且相當多產。後來福樓拜修讀法
律，但因為神經疾病發作而中斷，不過這使得他有了許多時間
去旅行。順帶一提，福樓拜是在尼羅河畔找到了包法利這個名
字。他跋山涉水了兩年時間後返家，與情婦路易絲‧柯蕾再次
取得聯繫，並且重新投入寫作。《包法利夫人》問世之後，他
開始撰寫《薩朗波》（Salammbô，出版於 1862 年），之後
完成了《情感教育》（L'Éducation sentimentale，1869 年）
與《三故事》（Trois contes，1877 年），最後投入《鮑華與
貝庫歇》（Bouvard et Pécuchet）的創作。不過最後這部作品
是 1881 年、福樓拜死去之後才出版，因為一年前他便因為病
發而過世。

1 愛瑪和生病的父親住在農莊裡。

2 她和前來照顧父親的醫生結了婚。

夏爾·包法利 →

3 但她不愛丈夫，也不愛她的女兒。

4 她與公證員賴昂·杜布伊私下交往，但只是為了打發時間。

5 而另一位情夫魯道夫是一位花花公子，他讓愛瑪的生活走出了鬱悶。

她瘋狂墜入愛河

他只是再下一城

6 愛瑪開始積欠債務。

要買新衣服

新的窗簾

還有給魯道夫寶貝的禮物

7 她夢想著全新的生活。

我們一起前往遠方吧，我的愛

好啦，好啦，沒問題……

8 隔天，魯道夫寄給她一封分手信。

我要去死！

9 除了難過之外，愛瑪再次陷入
百無聊賴的日子。

10 她又回去找公證員賴昂，兩人
發展出戀情。

11 但是賴昂也拋棄了她。

12 愛瑪欠下太多債，於是法
警來到了家裡。

13 她嚇得去找魯道夫，希望他能幫她。

14 愛瑪走投無路，她決定自我了斷。

砒霜
↓

15 她的丈夫為妻子哀悼，並發現了魯道夫的好幾封信件。

喪偶、破產，而且還被戴綠帽！

16 夏爾·包法利傷心而死。

Fin

《搗蛋鬼蘇菲》
Les Malheurs de Sophie

賽居爾夫人

～～～✦～～～

　　賽居爾夫人滋養了世世代代的年輕讀者與作家，為他們帶來精采萬分的閱讀時光，讓他們探索、雲遊在書中世界。她筆下的世界不見得永遠歡樂（有不少的體罰），也肯定不是全然平等（賽居爾夫人有著非常明顯的階級意識），但是絕對新奇有趣。在寫了若干童話故事之後，賽居爾夫人開始投入她的三部曲創作。第一部曲《兩個小淑女》（*Les Petites Filles modèles*）是專門寫給她自己的兩個孫女看的：卡蜜爾（Camille）和瑪德蓮（Madeleine）。接下來就是這部《搗蛋鬼蘇菲》，內容由二十二則短篇組成，裡頭包含了主角做出的許多傻事。這部作品是寫給賽居爾夫人的另一位孫女伊莉莎白・芙雷斯諾（Élisabeth Fresneau），靈感主要源自於她自己在俄羅斯的童年時光，書中主角的名字也與作者相同。三部曲完結篇則是《度假》（*Les Vacances*）一書。這些作品原本的設定都只是和家人在火爐邊一同閱讀的故事，不過很快就走向大眾，由阿歇特（Hachette）公司出版問世，並且立刻獲得成功，從此持續廣受歡迎。

　　蘇菲‧羅斯朵申（Sophie Rostopchine）出生於 1799 年的俄羅斯聖彼得堡。她在沃羅諾沃長大，許多童年的美好時光後來都寫進了她的書中。1812 年，她的父親羅斯朵申伯爵由沙皇亞歷山大一世任命為莫斯科市長。羅斯朵申伯爵曾下令放火燒了莫斯科，以免城市落入拿破崙的手裡。兩年之後，人們譴責他的行為過於激進，於是伯爵一家人開始流亡法國。1819年，蘇菲嫁給了尤金‧德‧賽居爾（Eugène de Ségur），他們一共育有八個孩子，來回生活在巴黎和諾曼第的努埃特（Nouettes）城堡之間。在努埃特城堡裡，賽居爾夫人開啟了寫作志業。五十九歲之際，她開始發想《搗蛋鬼蘇菲》的故事，此外還出版了十八部小說和其他故事，一直寫作到七十歲為止。賽居爾夫人於 1874 年過世。

1　蘇菲的爸爸送給了她一只蠟娃娃。

2　蘇菲邀請表哥保羅和朋友們一起來欣賞蠟娃娃。

噢！
謝謝爹地

哇　我幫她梳頭髮　太漂亮了

3　蘇菲讓娃娃曬太陽，這樣她才會更好看。

4　蘇菲甚至用熱水洗了蠟娃娃。

BÊTISE
傻事

她還讓
娃娃爬樹

BÊTISE
傻事

當娃娃沒了腿時，
我將她埋葬

BÊTISE
傻事

5　蘇菲獲得了一把龜殼紋刀。

6　蘇菲還拿刀子切了魚缸裡的金魚。

7　她的媽媽差點暈倒，以為是家中女傭做的好事。

8　不過蘇菲承認自己做錯了。

9　蘇菲幻想擁有一頭捲髮。

就像我朋友
卡蜜兒一樣

10　於是蘇菲跑去淋雨。

這樣頭髮
就會捲了

11　用手帕大力揉乾頭髮後，蘇菲的髮型變得一團糟。

12　蘇菲為此學到了教訓。

13 蘇菲和媽媽、表哥保羅一同前
   往森林。

14 蘇菲為了採草莓而落單。

15 蘇菲的裙子被狼咬破了。

16 幸好狗群及時出現，趕走了
   狼。

Fin

《老人與海》
The Old Man and the Sea

厄尼斯特·海明威

曾經有個傳說：這男人花錢如流水又愛喝酒，經歷了幾場婚姻，卻始終企圖心強且好戰。海明威自己的人生就像一部小說一樣，不過，雖然他在日常生活中如此混沌複雜，在寫作上，也就是他的金字招牌，他卻展現出無比的清醒。故事中的老漁夫竭盡全力，希望捕獲一條巨大的馬林魚。這則故事的靈感是否源自於真實事件呢？說法各異其趣，不過其實也不重要。撰寫這本小說時，「老爹」（海明威的暱稱）與第三任妻子瑪莎·蓋爾霍恩（Martha Gellhorn）正居住在古巴，當時他已經有很長一段時間沒寫出什麼好作品了。這本小說問世於 1952 年，並且重啟了海明威的事業：他先是獲得普立茲獎，並在1954 年摘下了諾貝爾文學獎的桂冠。《老人與海》也成為海明威生前出版的最後一本著作。

厄尼斯特·海明威（Ernest Hemingway）出生於 1899 年 7 月 21 日。第一次世界大戰期間，他在義大利擔任救傷人員，這次經驗後來啟發了他寫《戰地春夢》（*A Farewell to Arms*，1929 年）的靈感。回國之後，他與同年的青梅竹馬哈德莉·理察遜（Hadley Richardson）結婚。之後他成為多倫多一間報社的歐洲特派記者，於是和妻子、兒子定居於巴黎。有一回在火車上，他遺失了一整個行李箱的手稿，一直都沒有尋獲，於是他陷入了一陣低潮，後來才決定重新投入寫作。《太陽照常升起》（*The Sun Also Rises*，1926 年）一書打開了他的知名度。1927 年，他與第二任妻子寶琳·費孚（Pauline Pfeiffer）結為連理，直到海明威在西班牙遇見瑪莎·蓋爾霍恩，他們的婚姻才畫下句點。瑪莎·蓋爾霍恩和海明威同樣是名記者，海明威為她撰寫了《戰地鐘聲》（*For Whom the Bell Tolls*）。1946 年，海明威邂逅了第四任、也是最後一任妻子瑪麗·維爾許（Mary Welsh）。1961 年 7 月 2 日，海明威舉槍自盡身亡。

1 在古巴，有一位老漁夫已經八十四天沒有捕到魚了。

2 所有的漁夫都在嘲笑他。

3 馬諾林是老漁夫的學徒，他父母不希望他再跟著這個老人。

4 但馬諾林還是幫老人帶了兩條沙丁魚。

5 老人不放棄希望，於是又出海了。

總有一天我會捕到一條大魚回來！

6 在他眼前，有一隻鳥飛入海中捕食。

那裡有魚！
那裡有魚！

7 一條魚咬住了他的線。

終於！

8 他感覺這是隻龐然大物。

是馬林魚！

9   這條魚拖著老人游了三天。

10   最後魚終於死了。

11   但是魚實在太大了，老人沒有辦法把牠放進船裡。

12   老人只好把魚綁在船邊。

13 結果有好幾條鯊魚跑來吃馬林魚。

14 當老人回到港口時，馬林魚已經被吃得一乾二淨。

15 其他漁夫從此對老人非常刮目相看。

16 老人答應馬諾林，下回帶他一起出海。

Fin

《變形記》
Die Verwandlung

法蘭茲·卡夫卡

⟿⟾

　　某一天早晨，法蘭茲·卡夫卡感到極度沮喪。他的父親令他厭煩，他也不喜歡自己在保險公司的工作，著作又賣得普普通通，而且最糟的是，他覺得自己已經腸枯思竭。某一天，「今天會是美好的一天！」果然，他突然感覺有趣的靈感在他心頭赫然浮現。他構想關於一位男子「令人作噁的故事」（這是根據他自己的用詞）：男子早上醒來時發現，自己變形成了一隻昆蟲，但可不是變成美麗的蜜蜂，而是一隻怪蟲、甲蟲。令人訝異的是，主角的變形竟像是一件沒什麼大不了的事，他自己應當害怕，他的家人應該尋求救助，然而，讓所有人擔心的竟然是：主角再也無法為家裡賺錢，而且他可能會嚇壞家中的住客。格里高爾·薩姆莎（Gregor Samsa）這位非典型英雄的主角心境與作者卡夫卡相仿，兩人宛如兄弟，而這本小說也哀傷得令人流淚。

法蘭茲‧卡夫卡（Franz Kafka）出生於 1883 年 7 月 3 日，
成長在布拉格的一個猶太家庭。1911 年，他邂逅了菲莉斯‧
鮑爾（Felice Bauer）。之後兩人開始書信往來，並開啟了
一段複雜的關係。他們經歷了兩次訂婚和兩次分手。在取得
法律博士學位之後，卡夫卡於 1912 年出版第一部作品《沉
思》（Betrachtung），並與其他作家一樣使用德文寫作。往
後的作品包括了《審判》（Der Prozeß）、《變形記》（Die
Verwandlung）、《判決》（Das Urteil）、記錄他與米萊娜‧
傑森斯卡（Milena Jesenska）情書往來的《給米萊娜的信》
（Briefe an Milena），以及最後的《城堡》（Das Schloß）。
後來卡夫卡罹患肺結核，因此放棄與最後一任伴侶多拉‧迪亞
曼特（Dora Diamant）遷居巴勒斯坦的計畫，進入一間維也納
近郊的肺結核療養院。卡夫卡於 1924 年過世。

1　一天早晨，格里高爾睡醒之後發現自己無法下床。

2　他發現自己已經變成了一隻「駭人的蟲」。

3　他房間的門在前晚上了鎖。

4　母親與妹妹葛赫特沒看到格里高爾有些擔心。

5　格里高爾的老闆很訝異沒看到他進公司，於是跑到他家裡。

6　格里高爾嘗試隔著門向他們說話，但是只能發出蟲子的聲音。

7　最後他終於成功把門打開。

8　他的家人嚇了一跳，不過還是保持冷靜。

9 葛赫特給格里高爾準備餐點，但是他已經不喜歡這些食物了。

10 為了不讓葛赫特覺得噁心，當她進房間時格里高爾會躲到床底下。

11 家裡被迫開始要出租空房，接待住客。

12 有一天晚上，葛赫特在為住客演奏小提琴，格里高爾也想欣賞。

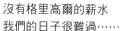

13 住客們看到格里高爾覺得噁心，沒付錢就跑了。

14 他的父親非常生氣，因為還沒到手的錢飛了。

15 一天，有一顆蘋果卡在甲殼裡，最後引發格里高爾因感染而死去。

16 家人都鬆了一口氣。

Fin

《悲慘世界》
Les Misérables

維克多·雨果

~~~~~~~

　　即便能預知未來，維克多·雨果也絕對沒想過自己的作品有一天能夠登上百老匯、改編成一齣音樂劇，而且從 1980 年巴黎體育宮的首演以來，這齣音樂劇已經環遊了全世界。然而在音樂劇《悲慘世界》背後的這部文學作品《悲慘世界》，它不但是一部歷史小說、愛情故事，也同時是政治手冊以及哲學反思。1845 年，撰寫這部作品的計畫首次在雨果心中萌芽，當時小說取名為《苦難》（Les Misères），而主人翁的名字是尚·特雷強（Jean Tréjean）。1848 年爆發革命，雨果於是中斷寫作。一直等到流亡根西島期間，他才將腦中的故事字斟句酌寫成了手稿。然而此時巴黎的情勢已經大不相同。故事中的加夫洛許（Gavroche）在街頭碉堡上殞落，而這部史詩至此也改名為《悲慘世界》，主角則是尚萬強（Jean Valjean）。這本書於 1862 年問世之際，評論家們一點也不客氣，福樓拜（Flaubert）甚至表示，自己對如此不嚴謹的寫作風格感到憤怒與不悅；但大眾則是對這本書愛不釋手。這部作品迴響十分熱烈，從當時至今一直都是如此。

　　維克多·雨果（Victor Hugo）出生於 1802 年 2 月 26 日。
十四歲那年，他完成了自己最早的幾首詩，並且宣布：「我
希望自己成為夏多布里昂（Chateaubriand），不然就什麼
都不是。」1822 年，他與青梅竹馬阿黛爾·福謝（Adèle
Foucher）結婚，日後兩人育有五個孩子。其中最知名的是兩
個女兒：一位是萊奧波爾迪娜（Léopoldine），她後來溺水而
死，並啟發了雨果《靜觀集》（Les Contemplations）中若干
詩篇的靈感；另一位則是阿黛爾（Adèle），她罹患憂鬱症，
而多虧了法蘭索瓦·楚浮（François Truffaut）在電影中的描繪，
使得世人對她印象深刻。1831 年，雨果出版了《鐘樓怪人》
（Notre-Dame de Paris）；兩年之後，他邂逅了朱麗葉·德魯
埃（Juliette Drouet），她成為雨果公認的情婦，也為雨果放
棄了自己的事業、承受許多委屈，後來跟隨著雨果一同流亡。
雨果於 1885 年 5 月 22 日過世，入葬巴黎先賢祠。

1 尚萬強曾經是一名囚犯。

2 他坐牢的罪名是因為偷了麵包。

我被關了
十九年

不過關這麼久
主要還是因為
我多次逃獄

3 期滿出獄後，所有旅館都拒絕
接待他。

4 因為他的身份證件看起來令人
不安。

不要！ 不要！

不要！

坐牢前科

5 　最後，地方上的主教收留了他。

6 　主教提供他食物還有一張床。

7 　但深夜裡，他卻念念不忘晚餐
　　使用的銀製餐具。

8 　他偷了餐具之後逃跑。

9　但是被一名警察抓回到主教面前。

10　主教慈悲又心腸好，不希望尚萬強再去坐牢。

11　主教看著尚萬強的雙眼對他說：

12　離開之後，尚萬強仍然震驚不已。

13 以至於他沒意識到有錢幣滾到了自己腳底下。

14 所以他不明白，眼前這位氣憤的煙囪清潔工到底想要什麼。

15 清潔工離開後，他注意到地上的錢幣才恍然大悟。

16 煙囪清潔工已經走遠，尚萬強痛哭流涕，決定洗心革面。

17　芳婷是一位年輕女工，正陷入熱戀。

18　有一天，她和幾位女性朋友、以及她們的戀人一同前往鄉間遊玩。

家世好的男生

我們要給你們一個驚喜！

太棒啦！

19　度過了美好的一天後，沒想到這些紈褲子弟其實早已計畫最後要拋棄他們的女友。

20　芳婷非常傷心，而且十分憂慮，因為她已有孕，後來生了女兒珂賽特。

驚喜就是，我們要把你們給甩了

我們該怎麼辦！

21 為了工作，芳婷將女兒交給經營旅店的泰納第夫婦收養。

22 泰納第夫婦對珂賽特非常壞。

23 他們什麼都叫她做：買東西、做家事、洗衣服。

24 芳婷在工廠裡工作，但是被炒魷魚了。

25 絕望的芳婷成了妓女，這樣才有辦法寄錢給泰納第夫婦。

26 但是對泰納第夫婦來說錢永遠不夠。

> 一次多少？

芳婷賣了自己的頭髮，甚至連牙齒也賣了

27 與此同時，尚萬強經營自己的工廠有成，因此賺了一筆錢。

28 有一位警察叫作賈維爾，他不相信囚犯會改邪歸正，並監視著馬德廉先生。

我改名叫作馬德廉先生

我很確定他就是尚萬強

29 尚萬強得知芳婷悲慘的故事，
一心想要幫助她。

30 不過太遲了，芳婷已經快要死
去。

她住在
哪裡呢？

幫助珂賽特吧

我答應你

31 有人被誤認為尚萬強，並因為
煙囪清潔工的竊案遭受審判，
於是尚萬強決定投案。

32 他又再次成為囚犯。

是我偷的

我就知道

好漂亮的船，
上去吧！

33　尚萬強答應芳婷要照顧珂賽特，因此他決定逃亡。

34　他得從泰納第夫婦手上贖回珂賽特，珂賽特八歲了。

35　尚萬強持續遭到通緝，尤其是賈維爾，他已經把通緝尚萬強變成自己的私事了。

36　賈維爾再度找到了尚萬強，不過尚萬強又成功脫逃。

37 尚萬強躲進了一間修道院，成為修道院裡什麼雜事都做的工友。

親愛的修女，我叫作弗歇爾萬，這是我的女兒珂賽特

38 珂賽特十五歲時，他們離開了修道院，希望回歸正常生活。

再見了，親愛的修女們

感謝

39 每天，珂賽特和尚萬強都在巴黎的盧森堡公園散步。

太愜意了

40 在公園裡，馬留斯見到了珂賽特。

一見鍾情

我的天啊！

41 尚萬強既害怕失去珂賽特，又擔心自己再被賈維爾抓到。

42 不過馬留斯已經完全迷上珂賽特，他再次找到了他們。

43 當時巴黎正處在腥風血雨之中。

44 很多人都在街頭碉堡上向政府抗爭。

45　馬留斯在抗爭中受了重傷，但是尚萬強救了他。

我把你外孫帶回來了

46　馬留斯康復後和珂賽特結了婚，不過仍不曉得是尚萬強救了自己一命。

47　尚萬強向馬留斯承認，自己曾經是名囚犯，不過珂賽特並不曉得。

晚上我再回來看她

48　尚萬強愈來愈不常來訪，他決定讓自己慢慢死去。馬留斯最後終於明白，是尚萬強救了自己一命。

好好照顧珂賽特

謝謝你謝謝你

Fin

《無病呻吟》
Le Malade Imaginaire

莫里哀

莫里哀並非無病呻吟，因為他在第四次演出這齣劇後果真因病離世。當時的演出是一部三幕的芭蕾喜劇，而莫里哀在劇中飾演的是阿爾貢（Argan），這位老男人擔心自己健康的程度令周遭的人不勝其擾。在發想這齣與醫事相關的諷刺劇時，莫里哀的靈感很可能源於自己看病的經驗，他希望該劇能登上路易十四的宮廷舞台。他邀請馬克-安東尼・夏龐蒂埃（Marc-Antoine Charpentier）為劇目譜寫配樂，然而這點令尚-巴蒂斯特・盧利（Jean-Baptiste Lully）大感不悅，因為盧利是當時凡爾賽宮裡呼風喚雨的音樂家，通常是由他與莫里哀合作。這齣戲因此沒能在宮中首演，而是於 1673 年 2 月 10 日在巴黎的皇家宮殿（Palais-Royale）問世。不過該劇仍然在莫里哀死後為他出了一口氣，因為《無病呻吟》隔年就在國王面前成功搬演了。

　　尚-巴蒂斯特・波克蘭（Jean-Baptiste Poquelin）出生於
1622 年 1 月 15 日，成長於一個商人家庭。取得法律文憑之
後，以藝名莫里哀（Molière）成為了一名演員。二十一歲時，
他和幾個朋友組成劇團，並且在路易十四面前進行了一場演
出。在劇中，莫里哀加入了一個鬧劇橋段，這個橋段國王相當
喜歡，因此賜給他一個演出空間使用，莫里哀的戲劇事業於是
開始起步。1662 年，他娶了前情婦的女兒阿爾曼德・貝雅爾
（Armande Béjart）。兩年之後，國王應巴黎大主教的要求禁
了《偽君子》（Tartuffe）一劇，而莫里哀的發展也開始日益
艱難。莫里哀於 1673 年 2 月 17 日去世，臨終之際甚至沒有
神父站在他的床邊。他的妻子向國王求情，才獲准讓莫里哀的
遺體以宗教儀式下葬，不過也只能低調地在夜間進行。

1 阿爾貢整天都在抱怨自己的病痛。

2 為了治療病痛,他施行了灌腸。

3 阿爾貢在想,如果女兒安潔麗克能嫁給一位醫生,他就可以得到二十四小時的照顧了。

4 而安潔麗克愛的卻是克雷昂特。

5 貝琳是阿爾貢的第二任妻子，
她嘗試哄騙丈夫。

既然你健康
出了問題……

那你應該要重新
看看遺囑，
留給我多一些吧！

6 安潔麗克的未婚夫托馬正式前
來家中拜訪。

我親愛的
岳父大人

我這裡有點不舒服
你幫我看看是怎麼了

7 但他把安潔麗克和岳母兩個人
搞錯了。

我可愛的
妻子

真是個蠢蛋

8 安潔麗克拒絕嫁給他。

這輩子休想！

9   她的父親威脅她。

不然你就進
修道院好了！

嗚
嗚
嗚

10   阿爾貢的弟弟前來和他談心。

你那些病痛
讓我們煩都煩死啦！

11   並試著打開他蒙蔽的雙眼。

而且，你的
新任妻子
根本是個
壞女人

好樣的，
老弟

12   僕人獻上了一道計謀。

您就裝死吧，
這樣就會知道
誰是真的愛您了

13 結果貝琳高興得歡天喜地。

14 安潔麗克則傷心欲絕。

15 阿爾貢被女兒的真情所感動。

16 他也採納了弟弟的建議，自己成為一名醫生。

Fin

《飄》

Gone with the Wind

瑪格麗特‧米契爾

⌒⌒⌒⌒⌒

　　鮮少有電影改編版本如此貼近文學原著，出演電影《亂世佳人》的克拉克‧蓋博（Clark Gable）彷彿就是書中的白瑞德（Rhett Butler），而費雯‧麗（Vivien Leigh）就像郝思嘉（Scarlett O'Hara）。《飄》是瑪格麗特‧米契爾的唯一著作，描寫讓美國陷入分裂的南北戰爭故事。原本郝思嘉叫作彭西（Pansy），而小說本來命名為《明天又是嶄新的一天》（*Tomorrow is Another Day*）。至於白瑞德，即便作者始終否認，但角色原型很可能源自瑪格麗特‧米契爾的第一任丈夫雷德‧厄普肖（Red Upshaw）──一個狂暴卻充滿魅力的惡棍人物。小說於 1936 年問世時便造成了轟動，許多電影製作人也爭相搶奪版權。這部電影後來奪得十項奧斯卡金像獎，其中也包括飾演黑人褓母的演員海蒂‧麥克丹尼爾（Hattie McDaniel）。然而由於當時仍在實行種族隔離制度，因此她沒有權利出席電影首映會。即使是一部老片，《飄》至今仍然爭議話題不斷，因為批評者譴責電影中對蓄奴存在著「浪漫觀點」。

　　瑪格麗特·米契爾（Margaret Mitchell）出生於 1900 年 11 月 8 日的亞特蘭大。她投身新聞工作，成為亞特蘭大的一位明星記者。1926 年，在蒐集了大量文獻資料之後，她開始了《飄》的撰寫工作，而且她先從結尾寫起。第二任丈夫約翰·馬什（John Marsh）相信妻子的才華非凡，在他的慫恿下，年輕的瑪格麗特·米契爾展開了一段嘔心瀝血的創作、重寫、刪稿與校訂之路，總共花了十年時間才大功告成。1936 年出版後，作品在短短幾週內就為她帶來了名聲與財富，隔年更贏得普立茲獎的殊榮。然而，這部作品並沒有為她的人生帶來什麼改變。她沒有時間享受初來乍到的榮耀，也沒有時間著手撰寫第二本小說。1949 年 8 月 11 日，也就是四十九歲之際，她在亞特蘭大與丈夫過馬路時被一輛卡車撞倒，於五天後辭世。

1　郝思嘉住在父母位於喬治亞州的家裡。

2　她非常美麗，附近所有男生都圍著她打轉。

3　然而郝思嘉眼中只有衛希禮一個人。

4　但衛希禮已經和韓美蘭訂婚，這是他們小時候就已經約定好的。

5　郝思嘉認為，衛希禮沒有辦法抗拒自己的魅力。

6　衛希禮對她說，韓美蘭比較適合自己。

7　郝思嘉無法接受這樣的回應。

8　出於惡意，郝思嘉嫁給了韓美蘭的弟弟韓查理。

9 查理在戰爭前線死於疾病。

10 郝思嘉與兒子韋德、韓美蘭和褓母黑嬤嬤一同前往亞特蘭大。

喪偶又懷了孕，好樣的！

寶貝，我們到那裡比較安全

11 因為戰爭，城裡到處失火，而韓美蘭又即將分娩。

12 白瑞德幫她們弄到一輛馬車之後也上前線了。

出來了！
出來了！

一路順風！

謝謝！

駕

13　而且他對郝思嘉坦承，自己已經愛上她了。

14　旅途充滿了艱辛。

15　當郝思嘉回到塔拉莊園時，母親剛過世不久。

16　現在得由她經營莊園了。

17 和平協議簽署了，士兵紛紛返回家園。

18 衛希禮開始為莊園幹一點活。

衛希禮，你還是不想要我嗎？！

呃，不想

笨手笨腳的！

19 錢愈來愈不夠了，郝思嘉決定去找白瑞德求助。

20 然而白瑞德正在坐牢。

黑嬤嬤，幫我用窗簾布做件衣服，我要出發勾引男人去了

什麼？！你身上沒有很多錢嗎？你在開玩笑吧？

21 如果郝思嘉不想變賣塔拉莊園，她就必須找個身邊的有錢人嫁了。

我妹妹的
未婚夫還不差，
有點老
但挺有錢

22 之後，韓美蘭、衛希禮、郝思嘉和她的新任丈夫（原本是妹妹的未婚夫）全都回到了亞特蘭大。

是個
女孩子

23 衛希禮和郝思嘉的丈夫加入了三K黨。

嗨，
是我們！

24 在一次三K黨的活動中，她的丈夫遭到殺害。白瑞德決定在郝思嘉再婚之前把握機會。

郝思嘉，
你願意嫁給我嗎？

好大的鑽石呀，
好說好說

25 郝思嘉和瑞德總是吵個沒完，
但郝思嘉還是懷了身孕。

她的名字
要叫作波妮

是個女孩子

26 郝思嘉不准白瑞德再進她房間。

我受夠
生小孩了！

27 白瑞德非常疼愛女兒。

28 郝思嘉又懷了身孕，不過兩個
人某次吵架時，郝思嘉在樓梯
上摔了一跤。

流產

磅！

29 而波妮有一天從馬上摔下身亡。

30 韓美蘭死於流產,衛希禮終於恢復單身!

領悟!

但我並不愛他呀,我從一開始愛的都是白瑞德!

31 郝思嘉跑回去見白瑞德。

太遲了,你令我厭倦

走開

但是我太愛你了

32 郝思嘉最終又回到了塔拉莊園。

他會回來的,因為他太愛我了

「明天又是嶄新的一天」

Fin

《危險關係》

Les Liaisons dangereuses

皮埃爾·肖代洛·德·拉克洛

　　即便是最仇視的宿敵，你也不會希望他們碰上梅黛（Merteuil）夫人或凡爾蒙（Valmont），因為這兩位都是喪心病狂的變態，樂於玩弄他人於股掌間，疑心病又重。當拉克洛發想這篇故事時，他人正在雷島上駐軍。早先他曾寫過一些無關緊要的作品，並夢想自己有一部驚天動地的鉅著，不僅可以為他帶來名聲，也能流芳百世。十八世紀當時書信體小說正流行，無論是孟德斯鳩（Montesquieu）的《波斯人信札》（*Lettres persanes*）、盧梭（Rousseau）的《新愛洛伊斯》（*La Nouvelle Héloïse*）還是歌德（Goethe）的《少年維特的煩惱》（*Les Souffrances du jeune Werther*）都曾做過精彩的嘗試。1782年，當拉克洛出版《危險關係》時，這部作品帶有爭議，反而為其帶來聲量。小說接連再版，而盜版也同樣猖獗。雖然這則放蕩貴族的故事受到啟蒙時代讀者的喜愛，但在之後的十九世紀，由於讀者相對拘謹，這部作品所引發的共鳴也因此少了許多。一直要等到二十世紀，以及諸如普魯斯特（Proust）、紀德（Gide）、馬爾羅（Malraux）等人的大力支持，《危險關係》才重新成為法國文學的經典之作。

　　皮埃爾・肖代洛・德・拉克洛（Pierre Choderlos de Laclos）
出生於 1741 年 10 月 18 日，成長在一個晚近的貴族小家庭。
他自 1760 年起便投入軍旅生涯，不過 1781 年，他仍安排六
個月的休假，藉此時間完成著作《危險關係》，作品於隔年問
世。在拉克洛以軍事、政治為主的職業生涯裡，他在這兩個領
域並沒有什麼太顯著的亮點，但他唯一的小說作品可謂例外。
1786 年，他和杜佩蕾（Duperré）結婚，兩人後來育有三個孩
子。1800 年，拉克洛受拿破崙任命為砲兵總將，並於三年後
死於義大利的塔蘭托。

1 梅黛侯爵夫人與凡爾蒙子爵兩人曾經是一對情侶。

2 如今兩人時常共謀：先勾引身邊的人，然後再摧毀他們。

那是很久以前的事了

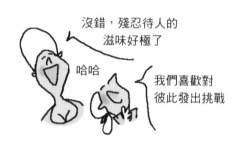

沒錯，殘忍待人的滋味好極了

哈哈

我們喜歡對彼此發出挑戰

3 他們會鉅細靡遺地向對方描述自己的事蹟。

4 年輕的賽西莉‧德‧沃朗日今年十五歲，她離開了修道院，準備嫁給傑赫古爾伯爵。

她真是個蕩貨，我什麼都對她做了

你這小壞蛋

但其實我愛的是鄧斯尼騎士

5　傑赫古爾伯爵曾在很久以前甩了梅黛夫人，而她非常想要復仇。

6　梅黛夫人不希望伯爵有機會娶到一位年輕的處女。

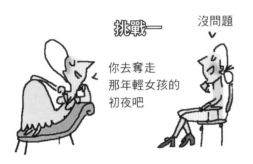

7　短短幾天之內，凡爾蒙就完成了挑戰。

8　凡爾蒙自己則打算勾引一位已婚女性：信仰虔誠的杜赫薇勒夫人。

9 幾個星期之後，他終於達成目標。

挑戰二
成功

↙完成啦

10 但沒想到凡爾蒙是真的愛上了杜赫薇勒夫人，這讓梅黛夫人妒心大起。

哈哈哈，你戀愛的時候看起來蠢斃了……，如果你甩了她，我就和你上床

挑戰三

11 凡爾蒙受不了嘲弄，也對自己陷入愛河感到不安，於是甩了杜赫薇勒夫人。

之前就說了吧，我只是為了和你上床而已

嗚嗚嗚

挑戰三
成功

12 凡爾蒙要求梅黛夫人兌現承諾（和他上床），然而她拒絕了。

我們兩個人已經翻臉了！

13 梅黛夫人向鄧斯尼透露，告訴他凡爾蒙睡了他親愛的賽西莉。

14 鄧斯尼單挑凡爾蒙並將他殺了。

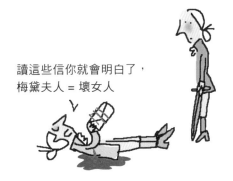

15 杜赫薇勒夫人憂傷而死。賽西莉·德·沃朗日的婚約取消，她重回修道院。

16 梅黛夫人與凡爾蒙的書信公諸於世，梅黛夫人遭到流放。

Fin

索引

依照出版順序

1913 年 -1927 年	《追憶似水年華》 （À la recherche du temps perdu）	馬塞爾·普魯斯特 （Marcel Proust）
1915 年	《變形記》 （Die Verwandlung）	法蘭茲·卡夫卡 （Franz Kafka）
1918 年	《謝利》 （Chéri）	柯蕾特 （Colette）
1925 年	《大亨小傳》 （The Great Gatsby）	法蘭西斯·史考特·費茲傑羅 （F. Scott Fitzgerald）
1936 年	《飄》 （Gone with the Wind）	瑪格麗特·米契爾 （Margaret Mitchell）
1937 年	《遠離非洲》 （Den afrikanke farm）	凱倫·白烈森 （Karen Blixen）
1952 年	《老人與海》 （The Old Man and the Sea）	厄尼斯特·海明威 （Ernest Hemingway）
1960 年	《我答應》 （La Promesse de l'aube）	羅曼·加里 （Romain Gary）
1968 年	《魂斷日內瓦》 （Belle du Seigneur）	艾爾伯·科恩 （Albert Cohen）
1984 年	《情人》 （L'Amant）	瑪格麗特·莒哈絲 （Marguerite Duras）

與葛雷瓜爾・索羅塔黑夫（Grégoire Solotareff）合著
我的兔子 Mon lapin

與埃爾維・埃帕維耶（Hervier Épervier）合著
我愛的書 Le Livre des j'aime

RUE DE SÈVRES 出版
蘇莉達年度插畫集 T1 La BD de Soledad, la compile de l'annee. T1
蘇莉達年度插畫集 T2 La BD de Soledad, la compile de l'annee. T2
蘇莉達年度插畫集 T3 La BD de Soledad, la compile de l'annee. T3
蘇莉達年度插畫集 T4 La BD de Soledad, la compile de l'annee. T4
蘇莉達年度插畫集 T5 La BD de Soledad, la compile de l'annee. T5
伊里亞德與奧德賽 L'Iliade et l'Odyssée
為什麼男人和女人之間存在不平等？
POURQUOI y a-t-il des inégalités entre les hommes et les femmes ?

MARABOUT 出版
愛自己計劃 - 插畫集 1 Les Paresseuses BD1
愛自己計劃 - 插畫集 2 Les Paresseuses BD2
為什麼我不在馬爾地夫？ Pourquoi j'suis pas aux Maldives ?
我愛紐約 New York et moi

與茱莉耶特・杜馬斯（Juliette Dumas）合著
閃耀光芒的法式優雅守則 Shine ou not shine ?

與皮耶・艾曼（Pierre Hermé）合著
皮耶・艾曼，可以教我做法式甜點嗎？ Pierre Hermé et moi

CASTERMAN 出版
保持冷靜 Restons calmes

與阿里克斯・吉羅德・德安（Alix Girod de l'Ain）合著
Aga 醫生的真實生活 La Vraie Vie du docteur Aga

MILAN ET DEMI 出版
瑪莉 - 普斯 Marie-Puce

SOLAR 出版
想對我女兒說的 101 件事 101 choses que je voudrais dire à ma fille
想對我兒子說的 101 件事 101 choses que je voudrais dire à mon fils
想對我女友說的 101 件事 101 choses que je voudrais dire à mes copines

BAYARD 出版
與莉莉・布哈維（Lili Bravi）合著
想當鴨子的鴿子 Le Pigeon qui voulait être un canard

DENOËL GRAPHIC 出版
伯特回來了 Bart is back

---

* 部份書目未出版繁體中文版，中文書名為暫譯。

不正經世界名著

文學經典趣圖解，20 堂最好玩的微ㄎㄧㄤ故事課
Avez-vous lu les classiques de la littérature ?

作　　　者	蘇莉達・布哈維（Soledad Bravi）
	帕絲卡樂・弗雷（Pascale Frey）
譯　　　者	范堯寬
責任編輯	李彥柔
內頁排版	江麗姿
封面設計	任宥騰
行銷企劃	辛政遠、楊惠潔

總 編 輯	姚蜀芸
副 社 長	黃錫鉉
總 經 理	吳濱伶
發 行 人	何飛鵬
出　　版	創意市集
發　　行	英屬蓋曼群島商家庭傳媒股份有限公司
	城邦分公司

香港發行所　城邦（香港）出版集團有限公司
　　　　　　香港灣仔駱克道 193 號東超商業中心 1 樓
　　　　　　電話：（852）25086231
　　　　　　傳真：（852）25789337
　　　　　　E-mail：hkcite@biznetvigator.com

馬新發行所　城邦（馬新）出版集團
　　　　　　Cite（M）Sdn Bhd
　　　　　　41, Jalan Radin Anum, Bandar Baru Sri
　　　　　　Petaling, 57000 Kuala Lumpur,
　　　　　　Malaysia.
　　　　　　電話：（603）90578822
　　　　　　傳真：（603）90576622
　　　　　　E-mail：cite@cite.com.my

展售門市	台北市民生東路二段 141 號 7 樓
製版印刷	凱林彩印股份有限公司
初版一刷	2020 年 06 月
I S B N	9789579199971
定　　價	380 元

客戶服務中心
地　　　址：10483 台北市中山區民生東路二段
　　　　　　141 號 2F
服務電話：（02）2500-7718、
　　　　　　（02）2500-7719
服務時間：週一至週五 9：30 ～ 18：00
24 小時傳真專線：（02）2500-1990 ～ 3
E-mail：service@readingclub.com.tw

Original title: Avez-vous lu les classiques de la littérature ?
Text by Pascale Frey and Soledad Bravi
Illustrations by Soledad Bravi
© Rue de Sèvres, Paris, 2018

國家圖書館出版品預行編目（CIP）資料

不正經世界名著：文學經典趣圖解，20 堂
最好玩的微ㄎㄧㄤ故事課 / Soledad Bravi,
Pascale Frey 作；范堯寬譯.
-- 初版 -- 臺北市；創意市集出版：家庭傳媒城
邦分公司發行, 2020.06
　面；　公分

譯自：Avez-vous lu les classiques de la
littérature ?
　ISBN 978-957-9199-97-1(平裝)
　1. 世界文學 2. 文學評論

812　　　　　　　　　　　　　109004453